META BENE

LAPPAN

DING! DONG!

WIR GLAUBEN AN DIE HEILIGE ERLOESUNG DER SEELE DURCH HUMOR.
SOLL DAS EIN WITZ SEIN?
AMEN.

VOR DEM FLIEGEN LERNT ERSTMAL DIE AUSSICHT ZU GENIESSEN.

WISST IHR NOCH, ALS WIR VERSUCHTEN, UNS AUF EINE WIRKLICHKEIT ZU EINIGEN?
NEIN.
VERSTEHE DIE FRAGE NICHT.

DIE WELT IST VOLLER GEHEIMNISSE.
DAS SIND DIE SCHOENEN SEITEN DER DUMMHEIT.

SCHAU DIR DIESE OPTIMISTEN AN.
SCHON WIEDER HALB VOLL.

ICH HAETTE GERNE EINEN TRAUMJOB.
DANN KOENNTE ICH IM SCHLAF ETWAS DAZUVERDIENEN.

ICH BIN VIELSCHICHTIG.
LAUCH AUCH.

WEISST DU, WAS SCHLIMM IST?
SCHNECKE MIT FERNWEH.

FINDEST DU
MICH EITEL?

STRUKTURSCHWACHE REGION MIT DREI BUCHSTABEN.
ICH

ALLES IN ORDNUNG?
NEIN.
ALLES NORMAL.

SEIT WIR ANEINANDER VORBEIREDEN, KOMMEN WIR UNS WENIGER IN DIE QUERE.
SELBER.

WACHT AUF, VERDAMMTE DIESER ERDE!
NOCH FUENF MINUTEN.

WARUM HEISST ES „BEWUSSTSEIN" UND NICHT „GESAMMELTE IRRTUEMER"?

ICH SITZE HIER UND LASS DIE ZEIT VERGEHEN.
ACH, DU BIST DAS.

IN DER ZUKUNFT WIRD JEDER MAL FUENFZEHN MINUTEN MIT SICH IM REINEN SEIN.

ES GIBT KEIN DU IN WIR-KLICHKEIT.
ABER ICH.

DEN UNTSCHIED ZWISCHEN EINSAMKEIT UND ALLEINSEIN REGELT EIN EINZELNES ENZYM.
WIE ES DEM WOHL DABEI GEHT?

EINE GUTE LISTE BRAUCHT ERSTENS ZWEITENS UND ZWEITENS DRITTENS.

SPRAECHE JEDER NUR MIT SICH,
MAN VERSTUEND SICH TROTZDEM NICHT.

FOLGT MIR, WENN IHR EUREN EIGENEN WEG GEHEN WOLLT.

WENN DU NICHTS ZU SAGEN HAST, BEHALTE DAS LIEBER FUER DICH.

ICH GLAUBE, SILKE HAT EINEN BURN-OUT.
DA KANNSTE VON AUSGEHEN.

MAMA, WO KOMMT DER VIELE KAPITALISMUS HER?
DEN HABEN WIR UNS VERDIENT.

JETZT IST SIE TOT.
DAS WAR IMMER DAS LETZTE, WAS SIE SEIN WOLLTE.

LIEBES GEHIRN,
ICH WERDE NICHT SCHLAU AUS DIR.

MAL WIEDER MIT KOLLEGEN REDEN.
TACH.
TACH
TACH.
AUS LIEBE ZUM JOB.

ICH WAERE GERNE FINANZIELL UNABHAENGIG.
VON WEM?
GELD.

LEUTE, DIE MICH MOEGEN, WIE ICH BIN.
DIE UNTERSCHAETZEN MEIN POTENZIAL.

MANCHMAL FUEHLE ICH MICH WIE EIN KOMET.
ABER ICH SCHWEIFE AB.

WAS BRAUCHT ES
SCHON GROSS DAZU,
EIN BAUM ZU SEIN?
HALTUNG.

BEINCHEN-STELLEN.
WENN SCHRIFT-STELLEN NICHT MEHR REICHT.

SIE BEZEICHNEN EUCH ALS POEBEL.
HAENGT SIE!

MEIN SELBSTMITLEID BRINGT MICH NOCH UM.

WO IST DENN DEINE BESSERE HAELFTE?
OBEN.

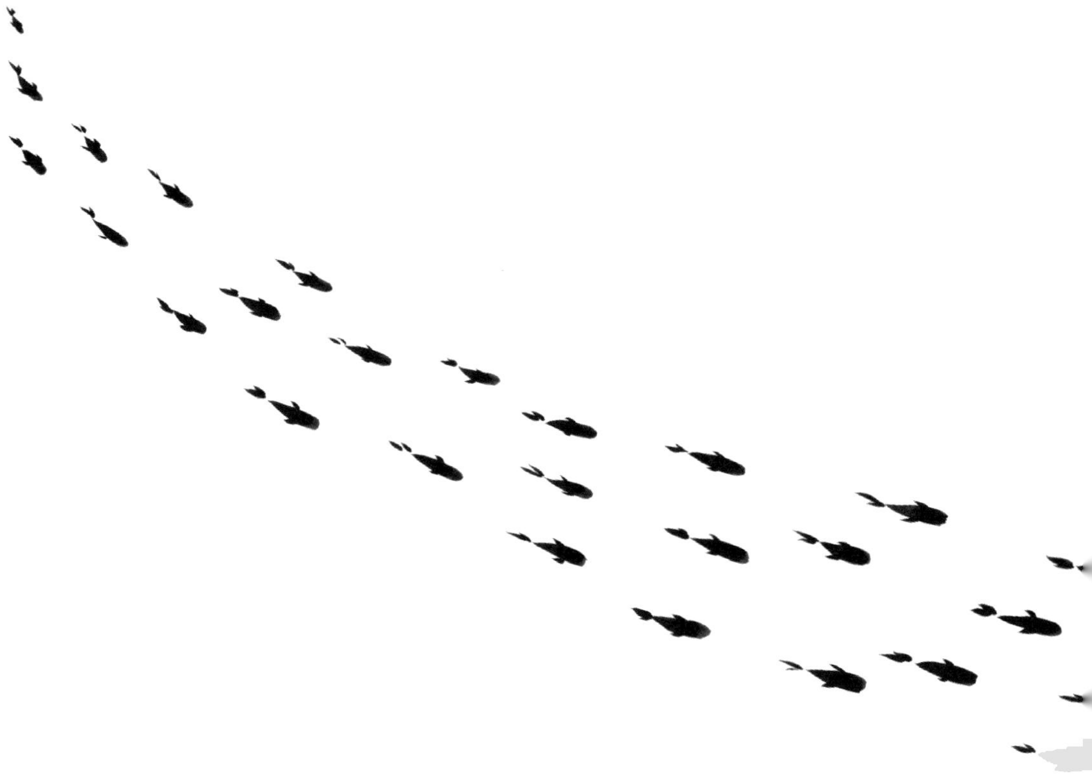

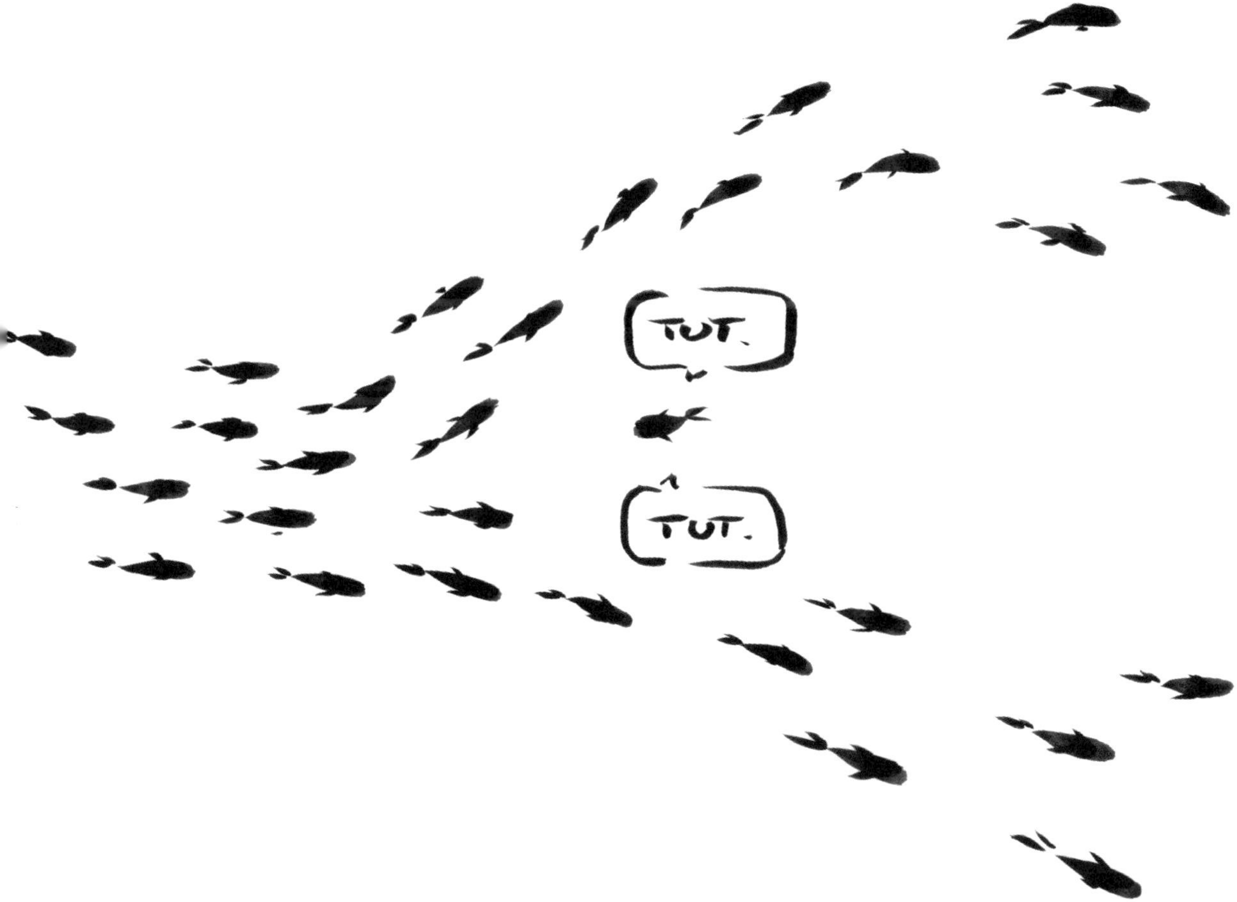
TUT.
TUT.

LIEGT EIGENTLICH MEHR ZEIT VOR ODER HINTER UNS?
DAS ENTSCHEIDET SICH JEDEN MOMENT.

AM ENDE SIND WIR ALLE TOT. DOCH VORHER GIBT ES ABENDBROT.

SIE LEBTE WIE IN EINEM ROMAN.
SEIT SIE IHRE GEDANKEN NUR NOCH IM PRAETERITUM FORMULIERTE.

DU KANNST IM LEBEN ALLES ERREICHEN.
ABER ICH BIN ARM.
ACH SO. DANN NICHT.

WIE WUERDEST DU DEINE LIEBE ZUR DEUTSCHEN SPRACHE BESCHREIBEN?
NICHTSDESTOTROTZ.

ZITATE SIND DIE RESTE ZWISCHEN DEN ZAEHNEN IM MUND DES VERGESSENS.
VON WEM IST DAS?

ICH GEH KURZ ZUM LYRIKER.
BRAUCHT IHR WAS?

NICHTS IST PERFEKT.
ALLES IST PRAESENS.

DU MUSST DEIN LEBEN MEHR ALS EXPERIMENT BEGREIFEN.
ICH VERSUCHS.

HUI!

AB WANN IST MAN EIGENTLICH ZU ALT FUER IMAGINAERE FREUNDE?
NIE!

ICH BEWUNDERE DEINEN TIEFGANG.
ICH BIN NUR SCHWER VON BEGRIFF.

NICHTS IST. ALLES WIRD.
UND WAS WIRD ES?
NICHTS.

WAS WUERDE EIN KLON VON MIR DENKEN?

GERAEUSCHE, WEGEN DENEN ICH NACHTS NICHT SCHLAFEN KANN:
DAS LEISE PLATZEN MEINER TRAEUME.

WORAN ERKENNT MAN EIGENTLICH, WELCHE SCHICHT MAN IST?
AM BESCHISS!

SICH NUR AUF DEN EIGENEN VERSTAND ZU VERLASSEN, WAERE DOCH WAHNSINN.

AUCH MAL STOLZ SEIN, AUF WAS MAN ALLES NICHT GEWORDEN IST.

IN JEDEM MENSCHEN WOHNT EIN TIER, DAS ALLE ANDEREN TIERE AUSLACHT.

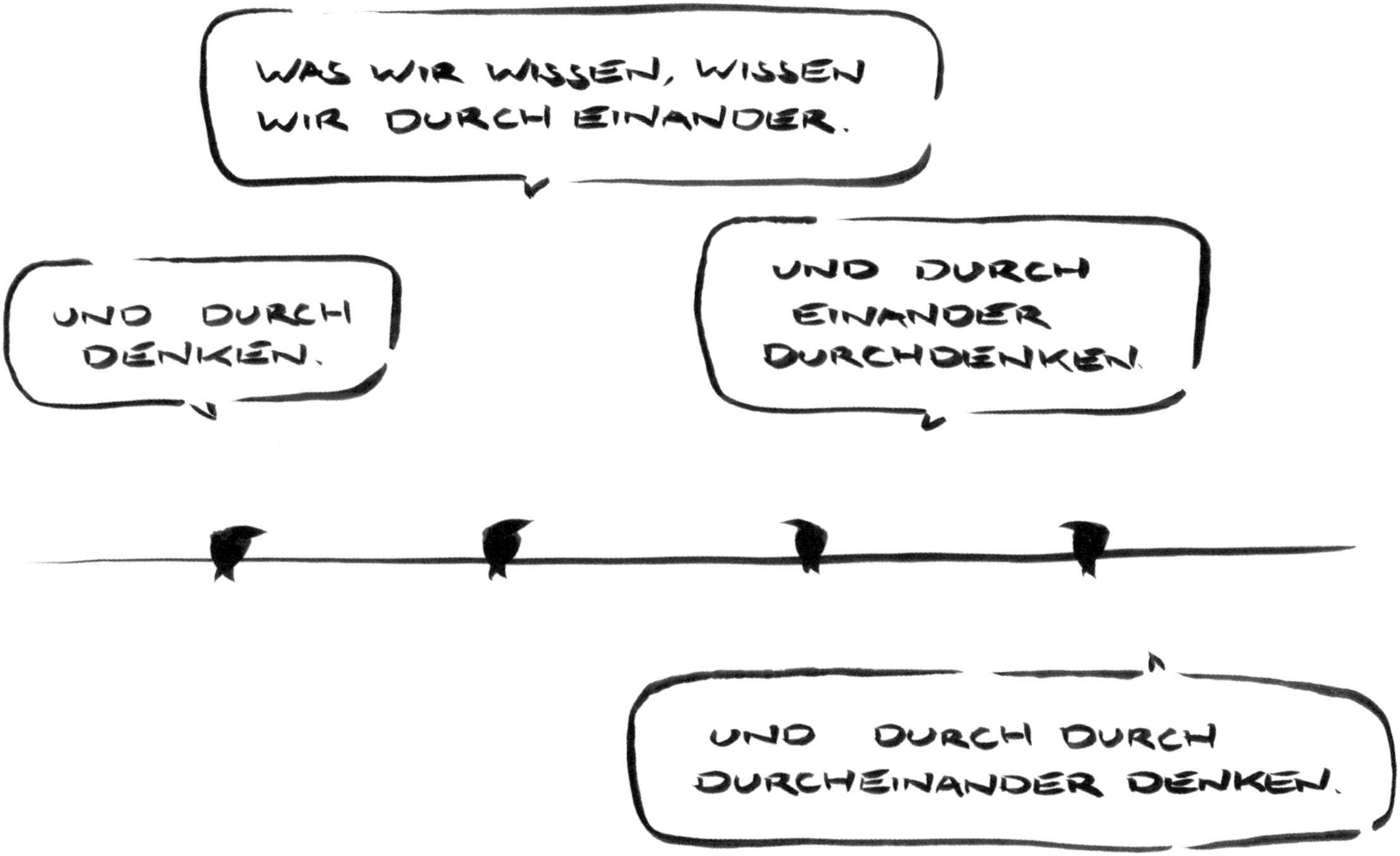
WAS WIR WISSEN, WISSEN WIR DURCH EINANDER.
UND DURCH DENKEN.
UND DURCH EINANDER DURCHDENKEN.
UND DURCH DURCH DURCHEINANDER DENKEN.

WOLKEN.
DA HAB ICH IMMER DAS NACHSEHEN.

REALITAET IST AUCH NUR EIN ANDERES WORT FUER FANTASIELOSIGKEIT.

NACHTS LIEGE ICH OFT WACH UND HOERE DIR BEIM ALTERN ZU.

ES GEHT DOCH NICHTS UEBER EIN HARMONISCHES SELBSTGESPRAECH.
DU SAGST ES.
NEIN, DU!

WIR WERDEN DAS UNIVERSUM WOHL NIE VERSTEHEN.
ES NUSCHELT.

WAS DER HIRSCH
NICHT GERN VERRAET:
ER ROEHRT NICHTS
OHNE ROEHRGERAET.

SCHWERKRAFT IST DIE SEHNSUCHT DER STERNE.
UND DAS LICHT?
DAS NICHT.

MANCHMAL SEHNE ICH MICH NACH DER ZEIT, ALS ICH EUCH VERMISST HABE.

FUER ECHTE GEFUEHLE BIN ICH ZU SENSIBEL.

FRUEHER WAR ES MIR NICHT WICHTIG, OB GESCHICHTEN EIN HAPPY END HABEN.
DA WAR ICH ABER AUCH WENIGER AM ENDE.

LIEBER GOTT, MACH BITTE, DASS DER MARKT BALD ALLES WIEDER REGELT.

STELL DIR VOR, SO EIN BAUM KOENNTE ERZAEHLEN.
MAN MUESSTE ZU DEN SPANNENDEN STELLEN VORSPULEN.

ICH MACH JA JETZT NUR NOCH BROTLOSE KUNST.
WEGEN DER KOHLENHYDRATE.

WISST IHR, WAS ICH FUER DIESEN PLANETEN HOFFE?
DASS IHM OBERFLAECHLICHKEITEN NICHT SO WICHTIG SIND.

VOR DEM TOD SIND ALLE GLEICH.
UND HINTERHER ERST.

ICH WEISS NICHT, WAS MICH MEHR NERVT; DAS IMMER GLEICHE ODER DAS STAENDIG NEUE.

ICH GLAUBE NICHT AN WISSEN.
ICH WEISS.
ICH GLAUBE NICHT.

WENN DU DIR DEINE LEERE KAFFEETASSE GANZ NAH ANS OHR HAELTST, KANNST DU MICH NOCH SCHLAFEN HOEREN.

ROBIN THIESMEYER zeichnet metabene seit 2013. Die ersten Zeichnungen veröffentlichte er über Twitter und auf metabene.de. Später kamen Facebook und Instagram hinzu und 2016 erschien das erste metabene-Buch. Die minimalistischen Tuschezeichnungen erhielten ihre eigene Kolumne in *ZEIT online* und wurden u. a. in *DIE ZEIT* veröffentlicht.

Thiesmeyer studierte Philosophie und politische Wissenschaften in Bonn und ist Absolvent der Universität Hildesheim im Studiengang „Kreatives Schreiben und Kulturjournalismus". Er veröffentlicht Kurzgeschichten und Erzählungen in Zeitschriften und Anthologien, arbeitet als Texter und ist zurzeit Mitarbeiter an der Fakultät Gestaltung der Universität der Künste Berlin.

www.metabene.de

DER LETZTE DENKT DAS LICHT AUS.

1. Auflage 2021
– Originalausgabe –

ISBN 978-3-8303-3602-0

Text und Zeichnung: Robin Thiesmeyer
Lektorat: Jana Legal
Herstellung: Monika Swirski

Printed in Latvia

FSC www.fsc.org
MIX
Papier aus verantwortungsvollen Quellen
FSC® C002795

Folgt uns! facebook.com/lappanverlag
Instagram.com/lappanverlag
www.lappan.de